AF496121

N° 2 bis

Léon ARISTID

LA

"Terre Libre"

20ᵉ MILLE

PARIS

IMPRIMERIE
Joseph TEQUI
79, Avenue du Maine

AU BUREAU
de l'Echo des Syndicats
14, rue des Petits-Carreaux

Bibliothèque Syndicale et Ouvrière

Cette bibliothèque se compose d'une série de petites brochures destinées à être distribuées après une réunion par les soins d'un comité soit aux ouvriers, soit aux jeunes gens.

N° 1. — **Le Roi Salomon** ou la **Vente à crédit.** Combat le procédé juif de la vente par abonnement.

N° 2. — **Un soir d'hiver,** étude sociale prise sur le vif, montrant le rôle désastreux du franc-maçon dans la commune ou le canton.

N° 3. — **La Terre libre,** où l'on raconte avec humour l'échec d'une caravane d'ouvriers voulant vivre dans le collectivisme.

N° 4. — **Fumistes!** Cinq études mettant à découvert les tartuferies des meneurs socialistes.

N° 5. — **Victimes!** Divers récits par lesquels on montre le tort considérable fait aux travailleurs par certaines dispositions législatives.

N° 6. — **Le vrai Syndicat.** Piquant récit qui met en évidence les avantages et les bienfaits d'un groupement professionnel basé sur l'entente entre le capital et le travail.

N° 7. — **Grève manquée.** Intéressant épisode dans lequel le jeu de certains gréviculteurs est mis à jour et donne aux ouvriers sérieux le dégoût de ces professionnels du désordre.

N° 8. — **L'Héritage de Balédent.** Aventure fantastique dans laquelle on montre un prolétaire, devenu un heureux du siècle, s'intéressant avec intelligence au sort des malheureux et accomplissant ainsi son devoir social.

N° 9. — **Pensez à demain.** Récits pleins d'intérêts, puisés dans la vie ouvrière, exhortant les travailleurs à compter beaucoup sur eux-mêmes pour bien conduire le budget de la famille.

N° 10. — **Soutane et Blouse.** Histoire anecdotique où l'on montre par des faits comment un curé soucieux d'attirer à lui les travailleurs, a transformé une cité ouvrière dans laquelle on disait couramment que le curé était un homme inutile dont on pouvait fort bien se passer.

Condit. de vente :

0 fr. 10 l'ex.; 8 fr. le cent; 60 fr. le mille.

Les commandes doivent être adressées soit à M. l'administrateur de l'Echo des Syndicats, 14, Rue des Petits-Carreaux, Paris (IIᵉ); soit à M. Joseph Téqui, imprimeur, 70, Av. du Maine, Paris (XIVᵉ).

La "Terre Libre"

I

DES NOUVELLES

Depuis plusieurs années, les ouvriers de la maison Ledard et Cie — fabrique de balances de précision pour pharmacies et laboratoires — avaient adopté une coutume assez originale. Chaque lundi matin, l'ouvrier arrivé le dernier à l'atelier devait payer, à midi, l'apéritif à tous les camarades.

La maison Ledard et Cie se composait de M. Lucien Ledard, le patron, et d'un certain nombre d'ouvriers. Après deux ans de présence, ces ouvriers étaient intéressés aux affaires et recevaient à la fin de chaque année une part des bénéfices.

Ce lundi-là, à huit heures moins cinq, sept ouvriers étaient déjà arrivés et prêts à se mettre à l'ouvrage; deux seulement manquaient encore.

« Je parie, dit l'un des compagnons, que c'est Dupré qui va nous régaler aujourd'hui; c'était déjà son tour, la semaine dernière; vraiment c'est à croire qu'il le fait exprès !

— Bah ! dit un autre, on ne peut pas savoir;

habituellement, Romain arrive toujours le premier; aujourd'hui, il n'est pas là, il y a des chances que ce soit lui qui hérite de la tournée traditionnelle. »

Tandis qu'il achevait ces paroles un pas précipité retentit dans l'escalier.

« En voilà un! » crièrent ensemble plusieurs voix.

Brusquement, la porte s'ouvrit, et un nouveau venu pénétra dans l'atelier, tout essoufflé et s'essuyant le front.

Son premier soin fut de compter ses camarades :

« Deux, quatre.., six.., sept! il en manque encore un; je suis paré pour aujourd'hui! »

Et cette consolante constatation, une fois faite, Dupré serra les mains de ses amis en s'écriant joyeusement :

« Bonjour, les copains!

— Allons, dit le contremaître, c'est Romain qui va nous « rincer » à déjeuner; je crois bien que depuis cinq ans qu'il est ici ce sera la première fois.

— A moins qu'il ne soit malade, dit Lehu, un des plus anciens ouvriers qui avait toujours quelque chose à dire.

— Alors, reprit le contremaître, c'est ce brave Dupré qui une fois de plus aura le plaisir... » Il n'acheva pas, la porte s'ouvrit de nouveau et Romain entra dans l'atelier.

Dupré poussa un : ouf! de soulagement et tous les ouvriers s'écrièrent joyeusement en chœur.

« Vive notre ami Romain! Vive celui qui régale!

— Ce sera avec d'autant plus de plaisir

que ça ne m'arrive pas souvent, répondit Romain en riant; mais vous ne devinerez jamais pourquoi je suis en retard aujourd'hui; il vient de m'arriver une si drôle d'aventure... Figurez-vous que ce matin, comme je descendais de chez moi, mon concierge m'appelle et me remet une lettre... devinez un peu de qui?

— De la reine des Indes? hasarda un loustic?

— De Masque de Fer? reprit un autre.

— D'une maison de sucreries?

— Allons, assez de blagues, répondit Romain; j'aime mieux vous renseigner tout de suite; j'ai reçu une lettre de Lorin!

— De Lorin, pas possible!

— Il n'est donc pas mort?

— Qu'est-ce qu'il est devenu?

— Ce vieux Lorin, je savais bien, qu'un jour ou l'autre, il nous donnerait de ses nouvelles!

— Taisez-vous donc, bavards, cria Romain, si vous faites un tel vacarme, comment voulez-vous que j'arrive à m'expliquer? »

*
* *

Ici, nous devons ouvrir une parenthèse pour exposer au lecteur les raisons de la joie unanime qui accueillit cet événement, assez ordinaire en lui-même, l'arrivée d'une lettre d'un ancien camarade.

C'est que ce Lorin, qui avait pendant deux ans travaillé à la maison Ledard, n'était pas un type ordinaire.

Au point de vue professionnel, c'était un ouvrier de premier ordre, d'une habileté consommée, auquel on n'avait jamais eu le moindre « loup » à reprocher. Comme conduite, il étaits asez difficile de donner une appréciation exacte ; Lorin n'était ni un ivrogne ni un débauché ; il ne buvait d'ailleurs que de l'eau. Pourtant, on ne pouvait pas non plus le féliciter de son assiduité au travail, car il arrivait parfois — c'était surtout au printemps et en été que ses fugues étaient fréquentes — que Lorin oubliait, certains après-midi, de revenir à l'atelier ; il lui arrivait même assez souvent, en plein travail de filer à l' « anglaise », laissant ses outils sur un établi et sa pièce sur l'étau, pour ne reparaître que le lendemain.

Ce serait une erreur de croire que le temps ainsi pris au travail était consacré à de vulgaires « bombes ».

Lorin s'en allait simplement à la campagne. Il prenait le train à la gare de Vincennes ou à la gare de Sceaux, et, après une promenade dé plusieurs kilomètres dans les bois ou dans la plaine, il rentrait tranquillement chez lui.

La première fois que le fait se produisit, M. Ledard demanda le lendemain à Lorin pourquoi il avait, sans autorisation, déserté l'atelier.

Et Lorin répondit le plus tranquillement du monde :

« Parce qu'il faisait beau, et que j'ai eu l'idée de profiter du soleil pour aller étudier la nature. »

Le mot eut dans l'atelier un succès énorme ; et chaque fois que Lorin oubliait de rentrer à une heure, ou qu'il partait sans rien dire entre deux et trois heures de l'après-midi, les camarades ne manquaient jamais de dire :

« Il est encore allé étudier la nature! »

Après ce qui précède, nos lecteurs ne seront pas étonnés quand nous leur dirons qu'au point de vue opinions politiques, Lorin était tout simplement anarchiste-communiste-libertaire.

Avant d'entrer à l'atelier Ledard, il n'était jamais resté plus de deux mois dans une maison; pourtant, il n'avait jamais été congédié de nulle part. Malgré ses opinions avancées, il était d'un caractère très doux et n'avait jamais de discussion avec personne.

Quand — ainsi qu'il le disait dans son fruste langage d'ouvrier — il avait assez d'une « boîte », il ramassait ses « clous » sans rien dire et ne revenait pas le lendemain.

Pourquoi n'avait-il pas agi ainsi dans la maison Ledard?

Pour plusieurs raisons dont la principale était celle-ci : il s'était trouvé en présence d'ouvriers ayant une certaine culture intellectuelle et capables de discuter raisonnablement. Dans l'atelier Ledard, en effet, les opinions les plus diverses étaient représentées; il y avait des socialistes révolutionnaires, comme le contremaître; et Dupré; un républicain modéré, Lehu, et enfin Romain, qui était démocrate chrétien, et président d'un cercle d'études sociales.

C'était le plus rude adversaire de Lorin, dans les discussions parfois assez confuses qui s'engageaient entre les ouvriers; lui seul pouvait tenir tête à l'anarchiste, lorsque celui-ci prétendait démontrer que la civilisation était la seule cause de toutes les misères humaines; que les crimes devaient être attribués aux lois et aux gendarmes; qu'il n'y aurait pas de voleurs, si l'homme n'avait pas inventé la propriété individuelle; que tous les individus contre lesquels la société prétend avoir à se défendre sont en réalité en état permanent de légitime défense contre cette société qui ne peut subsister qu'en supprimant la liberté de l'individu. Selon lui, il n'y avait qu'un moyen de ramener l'âge d'or sur la terre : le retour à « l'état primitif », seul capable de garantir à chaque individu la « Liberté intégrale ».

Romain réfutait de son mieux ces théories qu'il qualifiait d'utopies. « Jamais, disait-il, tu n'arriveras à faire revenir l'humanité sur ses pas, à arrêter le progrès, car ce que tu appelles l'état primitif, c'est en réalité l'état sauvage.

« Et puis, toi qui n'es pas sanguinaire pour un sou, je te vois mal, tuant, pillant, brûlant, lançant des bombes de dynamite..., car, d'après le système anarchiste, n'est-ce pas, il faut détruire la société de fond en comble, pour qu'ensuite la nature en refasse une nouvelle sans le concours des hommes, qui n'auront plus qu'à se laisser vivre. »

Alors, Lorin protestait. « Je ne suis pas partisan de la destruction brutale et sanglante de la société actuelle, disait-il. A mon avis, ceux qui préconisent cette méthode font fausse route; moi je prétends qu'il ne faut pas songer à vouloir changer l'humanité d'un seul coup : c'est d'ailleurs contraire à l'exemple que nous donne la nature, qui sauf de rares exceptions, transforme les choses lentement. Je crois qu'on arriverait à un bien meilleur résultat en employant la propagande par l'idée et par l'exemple.

— C'est-à-dire, reprenait Romain, que tu songes à fonder quelque part une colonie, dans laquelle chacun fera ce que bon lui semblera, où personne ne commandera, où il n'y aura ni lois ni gendarmes, ni machines perfectionnées, ni administration coûteuse et compliquée ; et tu te figures qu'au bout de quelque temps, vous serez si heureux dans votre petite république, que de tous côtés des adhérents vous viendront, qui peu à peu finiront par englober l'humanité tout entière ?

— C'est un peu cela, en effet, disait Lorin, très sérieusement.

— Alors, concluait en riant Romain, je suis bien tranquille ; ce n'est pas encore demain que l'anarchie aura conquis le monde et je te conseille bien de pas jeûner en attendant si tu veux conserver ta bonne humeur et ta bonne santé. »

Peu à peu, l'anarchiste s'était habitué à ces discussions aussi ardentes qu'amicales ; puis, il s'était pris d'une véritable amitié pour ses camarades qui étaient tous de très braves garçons, et c'est ainsi que, contrairement à son habitude, il était resté, presque sans s'en apercevoir, deux années entières à la maison Ledard.

Un soir que Lorin était parti pour « étudier la nature » ; Romain dit à ses camarades :

« D'ici une quinzaine, nous allons avoir du plaisir.

— Et pourquoi cela ?

— A cause de Lorin, donc; il va avoir deux ans de présence à l'atelier; il va participer aux bénéfices comme nous, il sera comme nous compris dans la raison sociale Ledard et Cie. Et ce ne sera pas banal, un anarchiste, patron, capitaliste... Le plus drôle, c'est qu'il ne s'en doute pas! Ce que nous allons le blaguer!

— En effet, dit le contremaître, lui qui nous a si souvent reproché à nous, socialistes, d'accepter d'être les associés d'un exploiteur, de profiter du travail de nos camarades non associés, nous allons pouvoir le blaguer à notre tour. »

Et les ouvriers se mirent à compter les jours, impatients de jouir de la confusion de celui qui les tenait si souvent en échec.

Le jour où Lorin devait toucher sa dernière paye d'ouvrier non associé, on parla peu dans l'atelier ; les conjurés se faisaient de temps à autre de petits signes mystérieux qui en disaient long ; Lorin, lui, ne s'apercevait de rien, il travaillait tranquillement, sifflotant un air populaire selon son habitude.

Vers trois heures de l'après-midi, il sortit, sans que son absence fût le moins du monde remarquée.

Au bout d'une demi-heure, un ouvrier s'écria :

« Tiens, Lorin est allé étudier la nature.

— Ce n'est pas possible, un jour de paye !.....

— Oh ! la paye, cela ne l'inquiète guère, il ne fait guère de dépenses, et, malgré son horreur du capital, il doit avoir quelques économies.

— Peut-être s'est-il douté de quelque chose.

Mais toutes ces suppositions ne firent pas revenir le fugitif. On ne le revit pas de la soirée ; le lundi, il ne revint pas, ni le mardi, ni le mercredi.

Six mois se passèrent sans qu'on entendit parler de lui. On trouva étrange qu'il eût disparu ainsi, abandonnant sa paye et ses outils ; et on le regretta, car c'était un excellent camarade.

Voilà pourquoi la lettre de Lorin fut accueillie avec une joie si sympathique par tous les ouvriers de la maison Ledard et Cie.

II

LA LETTRE DE LORIN

« Mon cher Camarade,

« Tu vas sans doute être étonné de recevoir la présente après six mois d'absence et de silence : avant toute autre chose, je tiens à te donner le motif de mon départ précipité. Je dois te dire que j'ai beaucoup regretté de vous quitter aussi brusquement, car vous étiez de bons camarades et je vous aimais bien ; mais je ne pouvais pas me résigner à participer aux bénéfices de la maison, c'est-à-dire à prélever une part, si minime soit-elle, du produit du travail de mes camarades non associés.

« C'est, je te l'assure, la seule raison pour laquelle j'ai quitté l'atelier où je ne me déplaisais pas trop. J'espère que vous avez mis mes

« clous » de côté, je viendrai peut-être les reprendre un jour, mais pour le moment, je n'en ai pas besoin, car j'ai changé de métier, je suis maintenant agriculteur, et je vais t'annoncer une chose qui te surprendra, toi qui criais si fort à l'impossibilité quand je t'exposais més théories communistes et libertaires.

« Notre idéal est réalisé, en petit, c'est vrai, mais enfin réalisé, car j'habite maintenant, avec une douzaine de mes compagnons, un domaine assez vaste sur lequel nous avons constitué une véritable société communiste. Je te raconterai un autre jour comment j'ai rencontré le camarade qui a eu la chance d'hériter de ce domaine et la bonne idée de le faire servir à la propagande et à la justification de notre idée.

« Pour aujourd'hui, je me bornerai à t'exposer brièvement la situation et le fonctionnement du notre petite république.

« Notre domaine est situé dans le département de la Somme, à quelques lieues de Péronne. Il se compose de trois hectares de terrain et d'une construction assez vieille et en très mauvais état. La toiture surtout est très endommagée, à ce point que les jours de pluie, nous sommes forcés, afin d'éviter une inondation désagréable, de remplacer par des vieilles bâches les tuiles absentes.

« Nous sommes arrivés là-bas voilà à peu près trois mois ; au début, nous étions six compagnons, dont trois étaient mariés, ce qui faisait neuf personnes. Depuis, nous avons reçu un nouveau ménage venu de Belgique, et une étudiante russe dont la famille a été récemment déportée.

« Deux de nos camarades sont cordonniers et un troisième tailleur ; ils travaillent de leur métier et ne manquent pas d'ouvrage, car un certain nombre de nos amis de Paris, qui s'occupént de nous, leur fournissent de nombreuses commandes.

« Nous avons aussi un comptable, qui a le maniement de nos deniers et administre nos finances.

« Pour moi, qui ne puis pas travailler de mon métier, je suis chargé de l'exploitation agricole et je ne m'en tire pas trop mal, grâce aux conseils que me donne l'instituteur de la commune sur le territoire de laquelle nous sommes installés. Inutile de te dire que chacun de nous jouit de la liberté la plus complète et la plus absolue. Chacun travaille selon ses forces et quand cela lui plaît. Lorsque notre installation a été à peu près terminée, il nous restait quelques billets de cent francs avec lesquels nous avons acheté deux vaches.

« Cela nous a permis de prendre des nourrissons ; nous en avons déjà une demi-douzaine qui nous ont été confiés par des camarades parisiens. Chaque nourrisson nous rapporte trente francs par mois. Nous mettons cet argent de côté ; il nous servira à faire réparer notre maison qui en a vraiment besoin.

« La nourriture et l'entretien de chacun de nous coûte environ 1 fr. 75 par jour et chaque semaine notre caisse nous remet à chacun 1 fr. 50 pour nos plaisirs et nos menues dépenses.

« Nous espérons, d'ici peu de temps, pouvoir agrandir notre domaine et recevoir de nouveaux camarades.

« Dans les premiers temps de notre séjour ici, les paysans, qui savaient très bien que nous étions des anarchistes, n'étaient pas très enthousiasmés de notre voisinage ; maintenant, ils commencent à s'habituer à nous et viennent volontiers nous visiter, je ne désespère pas d'en convertir un certain nombre à nos idées.

« J'espère bien qu'un de ces dimanches, tu voudras bien, avec les camarades, nous faire le plaisir de venir visiter notre « Terre Libre ». Je te préviens d'avance que tu n'y trouveras que le strict nécessaire, mais tu pourras te rendre compte par toi-même que nos idées anarchistes et libertaires ne sont pas tout à fait aussi chimériques que tu le supposais. Nous n'avons pas de cabaret chez nous, mais nous possédons deux barriques d'excellent cidre que nous avons acheté dans le pays, et, dont on trouverait difficilement le pareil à Paris.

« J'espère bien que, l'année prochaine, nous en ferons nous-mêmes avec les fruits que nous récolterons.

« Enfin, tâche de décider les camarades à venir nous rendre visite un de ces jours ; je vous assure que vous serez satisfaits de notre hospitalité et que vous ne regretterez pas le voyage.

« Cordiale poignée de main à tous, et, je l'espère, à bientôt.

« Votre vieux,

« LORIN. »

« Eh bien ! que dis-tu de cela ? dit Dupré à Romain, quand celui-ci eut achevé sa lecture.

Je crois que cette fois te voilà cloué ; tu ne pourras plus reprocher à Lorin de bâtir des châteaux en Espagne, de rêver des choses irréalisables ?

— Je crois, répondit Romain, que vous vous hâtez un peu trop, lui comme vous, de chanter victoire. En somme, ce qu'il a réalisé, avec quelques-uns de ses camarades, est tout simplement une communauté anarchiste de très peu d'importance ; il en faudrait beaucoup comme cela pour implanter dans le monde les idées libertaires

« Et puis l'expérience n'en est encore qu'à son début, personne ne saurait dire quel avenir lui est réservé.

« D'ailleurs, je répondrai ce soir à la lettre de Lorin, et, comme de juste, je vous lirai cette réponse avant de l'envoyer. De cette façon, je pourrai vous donner mon appréciation exacte sur la portée sociale et économique de l'œuvre qu'ils viennent d'entreprendre.

« Je crois que cette réponse ne sera pas sans vous surprendre quelque peu et nous donnera l'occasion d'une discussion intéressante.

« Et maintenant à l'ouvrage, car nous n'en avons pas fait lourd depuis que nous sommes ici...»

III

Réponse de Romain

« Allons, un peu de silence, réclama Romain, et je vais vous lire ma réponse à la lettre que je vous ai communiquée hier : je vous préviens que cela vous paraîtra peut-être un peu long, mais j'ai tenu à bien préciser ma pensée, de façon à éviter toute espèce de malentendu. Je dois aussi vous prier de ne pas m'interrompre. Quand j'aurai fini, chacun de vous pourra me faire ses objections, et je tâcherai d'y répondre. Est-ce convenu ?

— Mais oui, mais oui, firent plusieurs voix ; nous t'écoutons.

— Alors, ça va ! je commence : »

Et Romain se mit à lire la lettre ci-dessous, dont nous n'avons pas cru devoir changer un seul mot.

« Mon vieux camarade,

« Je m'empresse de répondre à ta lettre qui nous a causé à tous une agréable surprise. Vraiment nous croyions bien ne plus jamais entendre parler de toi.

« Je dois commencer par te dire qu'ici il n'y a pas de changement depuis ton départ. Comme le travail ne va pas très fort, nous n'avons pas eu d'embauche depuis déjà longtemps.

« Tes outils sont en lieu sûr. C'est Dupré qui les a rangés ; il les tient à ta disposition.

« Quant à ta paye, le caissier l'a mise de côté dans un coin d'un de ses tiroirs ; et tu la retrouveras intacte quand tu reviendras.

« Et maintenant, causons un peu de ta nouvelle situation.

« Mon pauvre vieux, je ne voudrais pas t'enlever tes illusions ; mais je crois bien que tu te fourres le doigt dans l'œil, lorsque tu prétends réformer la Société, en lui faisant contempler l'exemple, en réalité fort intéressant, de votre petite communauté anarchiste.

« Je veux bien admettre pour un instant que l'avenir justifie vos espérances, et que votre entreprise obtienne tout le succès que je lui souhaite ; qu'arrivera-t-il ?

« Dans une dizaine d'années, vous serez peut-être arrivés à arrondir votre domaine, à vous trouver à la tête d'une exploitation agricole prospère, j'admets que vous parveniez à doubler l'étendue de votre domaine, à acquérir un matériel perfectionné, et à mettre quelque argent de côté.

« Vous êtes maintenant une douzaine, dis-tu dans ta lettre ? Je veux bien admettre que vous soyez deux cents dans dix ans — tu conviendras avec moi que c'est là un chiffre élevé qui peut être considéré comme un maximum. — Qu'y aura-t-il de changé à l'état social actuel ?

« Pas grand'chose, assurément.

« Tu me parles de la curiosité avec laquelle les paysans, vos voisins, ont accueilli votre installation. Je connais assez les paysans pour pouvoir te dire qu'ils ne coupent pas aussi facilement que cela dans les théories du socialisme. Je doute fort que vous fassiez parmi eux de nombreux adhérents.

« Avant six mois d'ici, ils se seront accoutumés à votre voisinage et ne feront plus attention à vous.

« Il y a quelques années, les journaux ont mené grand bruit autour de la fondation de la colonie anarchiste de la *Cécilia*, une tentative qui ressemblait beaucoup à la vôtre. Pendant quelques mois, tout marcha à merveille. On donnait des détails précis sur les résultats obtenus par la petite république libertaire, à laquelle on prédisait un brillant avenir ; puis peu à peu le silence se fit, et au bout d'un an, la colonie de la *Cécilia* était complètement oubliée.

« Ce n'est que trois ou quatre ans plus tard que l'on reparla d'elle... pour annoncer qu'elle avait cessé d'exister.

« Les obstacles que doivent surmonter les entreprises de ce genre sont en effet nombreux et redoutables. Permets-moi de te signaler celui qui me paraît le plus important, et surtout ne va pas croire que je ne parle pas sérieusement. Je t'assure au contraire que je n'ai nullement l'intention de plaisanter.

« Il y en ce moment en France des milliers de citoyens qui sont poursuivis, traqués, persécutés, dépouillés et expulsés. La police les pourchasse comme des malfaiteurs, et, tous les jours nos députés votent contre eux des lois nouvelles, toutes plus absurdes et plus draconniennes les unes que les autres.

« Quels crimes ont-ils donc commis ?

« Aucun.

« Ils ont tout simplement fait ce que tu as fait toi-même.

« Ils se sont réunis en *communauté* ; ils se sont volontairement séparés du monde, et dans des propriétés qui leur appartenaient, ils s'étaient arrangés une vie qui leur plaisait. Quelques-uns d'entre eux ont fait comme vous, ils ont pris des nourrissons, mais avec cette différence qu'ils ne demandaient aux parents de ces enfants aucune rétribution, pour ces excellentes raisons que les parents étaient morts, ou qu'ils étaient trop pauvres pour payer des mois de nourrice.

« D'autres avaient recueilli des vieillards incapables de travailler, et ils se chargeaient gratuitement de leur nourriture et de leur entretien.

« D'autres encore avaient accepté la tâche ingrate de recueillir et de soigner les malades incurables, ceux que l'on met à la porte des hôpitaux, parce qu'on a reconnu l'impossibilité de les sauver, et que l'on trouve qu'ils mettent trop de temps à mourir.

« D'autres enfin, instruisaient les enfants des ouvriers, et suppléaient ainsi, sans rien demander à personne, à l'insuffisance des écoles de l'État.

« C'étaient là, tu en conviendras, de sérieuses circonstances atténuantes.

« Eh bien ! les proscripteurs n'en ont tenu aucun compte. Pour eux, c'est un crime impardonnable de ne pas vivre comme tout le monde, de n'avoir pas les défauts et les vices de tout le monde.

« C'est pourquoi nos gouvernants ont résolu, au nom de la Liberté maçonnique, de supprimer la Liberté d'association, et de détruire les congrégations, c'est-à-dire les syndicats religieux, les seuls groupements vraiment socialistes.

« Je suis donc très inquiet sur le sort réservé à la congrégation anarchiste que vous venez de fonder, et je souhaite de tout mon cœur que vous restiez le plus longtemps possible ignorés de la police maçonnique.

« Peut-être y parviendrez-vous en prenant certaines précautions. D'abord, que le tailleur qui vous confectionne vos habits, évite autant que possible de les tailler dans la même pièce d'étoffe, et de leur donner la même forme ; c'est très important. Peut-être, en portant des vêtements de couleurs et de coupes différentes, parviendrez-vous à passer inaperçus des sbires du gouvernement.

« Évitez aussi, autant que possible, de rendre service à vos voisins, et de faire l'aumône aux chemineaux qui viendront frapper à votre porte, car c'est là un délit très grave. Beaucoup de congréganistes, notamment les capucins, et je crois aussi les barnabites — mais je n'en suis pas très sûr — ont été condamnés et expulsés pour ce seul crime.

« Maintenant, mon cher ami, te voilà prévenu, tiens-toi sur tes gardes ; et si, malgré toutes les précautions que je viens de t'indiquer, tu avais un jour ou l'autre le malheur d'être brutalement *sécularisé*, rappelle-toi que tu as ici de l'argent à toucher, des outils qui

t'attendent et que ta place à l'atelier est tou‑
jours libre.

« D'ailleurs, le patron à qui j'ai montré ta lettre ne te garde pas rancune d'être parti aussi précipitamment ; il m'a dit : — « Nous le ver‑ rons bien revenir un de ces jours ! » ce qui prouve que, le cas échéant, il ne ferait aucune difficulté pour te reprendre.

« J'ai fait part aux camarades de ton aimable invitation, et nous avons décidé d'aller en bande te rendre visite, un de ces diman‑ ches.

« Au revoir, tous les copains t'envoient une cordiale poignée de mains.

« Romain. »

« Eh bien ! qu'est-ce que vous en dites ? fit l'ouvrier lorsqu'il eut achevé sa lecture.

— Je dis que tu as un fier culot de comparer une communauté anarchiste à une congré‑ gation religieuse ! riposta immédiatement Dupré.

— Je voudrais bien que tu m'expliques la différence que tu fais entre les deux, répondit Romain.

— La différence... ce n'est pas difficile à établir, mais je n'en prendrai pas la peine, car au fond, je suis de ton avis.

— Par exemple ! dit le contremaître, voilà du nouveau !

Dupré qui est à présent du côté des curés !

— Pas du tout, répliqua gravement l'ou‑ vrier ; je suis socialiste et révolutionnaire et je ne m'en cache pas ; mais je suis aussi partisan de la liberté, pour tout le monde.

« Aujourd'hui, le gouvernement supprime la

liberté des religieux et beaucoup des nôtres applaudissent parce qu'ils n'aiment pas les religieux. Mon avis est qu'ils ont tort ; parce que si demain, c'est notre liberté à nous, qui est violée, nous n'aurons plus le droit de nous plaindre.

« En ce moment-ci, il plaît à nos gouvernants de détruire les congrégations, parce qu'elles ne leur plaisent pas ; qui nous garantit que demain, ils ne s'attaqueront pas aux syndicats ouvriers qui ne leur plaisent pas davantage ?

« C'est pourquoi je me refuse à approuver des lois injustes, faites contre nos adversaires, car demain, ces mêmes lois pourront nous être appliquées à nous.

— Bien parlé ! approuva Lehu ; pour une fois nous voilà d'accord !

— Personne ne dit plus rien, demanda Romain ?... C'est bien entendu ? Alors adjugé ? je vais mettre ma lettre à la poste... »

IV

LA DÉBACLE

Il était six heures moins dix. Les ouvriers de la maison Ledard achevaient de ranger leurs outils et se préparaient à quitter l'atelier.

Dupré, qui était toujours le premier quand il s'agissait de s'en aller, avait déjà enfilé son veston, et, tout en roulant une cigarette, il alla trouver son camarade Romain.

« Eh bien ! lui dit-il, as-tu reçu enfin des nouvelles de notre ami Lorin ?

— Pas encore, et je t'avouerai que cela me semble assez étrange. Voilà en effet près de deux mois que je lui ai adressé la lettre dont je vous ai donné lecture, et, depuis je n'ai reçu aucune réponse.

— Peut-être s'est-il froissé de ce que tu aies comparé sa communauté anarchiste à une congrégation religieuse ? dit en riant le contre-maître.

— Je ne crois pas, répondit Romain, notre camarade n'est pas un homme à se fâcher pour une raison aussi puérile. Il doit y avoir autre chose.

— C'est aussi mon avis, déclara Lehu ;

mais nous avons un moyen bien simple de connaître la raison du silence inexplicable de notre ancien camarade.

— Et ce moyen, quel est-il ?

— Tout simplement d'aller faire un tour là-bas, et de nous rendre compte par nous-mêmes de ce qu'est en réalité cette « Terre Libre » dont Lorin se montre si fier.

Dans la lettre qu'il a adressée à Romain ne nous a-t-il pas invités à lui rendre visite ?

— C'est ma foi vrai, répondit Romain, mais je l'avais complètement oublié !

— Eh bien, je propose une excursion là-bas pour dimanche prochain, qu'en dites-vous ?

— Accepté ! » répondirent en chœur tous les les ouvriers.

*
* *

Le dimanche suivant, tout le monde fut exact au rendez-vous. Romain avait prévenu son camarade de l'arrivée de la bande joyeuse, et l'ancien mécanicien, devenu patriarche anarchiste, attendait ses amis à la gare. On échangea de vigoureuses poignées de mains ; on constata que celui-ci avait engraissé ; que tel autre avait maigri ; que les cheveux de Dupré devenaient de plus en plus rares.

Une causerie amicale et gaie, à laquelle tout le monde prenait part, abrégea sensiblement la route, et ce fut presque sans s'en apercevoir que l'on arriva au domaine de la « Terre Libre ».

La première impression des ouvriers en présence de ces bâtiments délabrés ne fut guère favorable.

C'était une vieille ferme dont il ne restait guère que la maison d'habitation composée d'un rez-de-chaussée et d'un étage surmonté d'un grenier.

Le rez-de-chaussée, seul, était à peu près habitable. La toiture de cette construction avait depuis longtemps perdu la plupart de ses tuiles ; et peu à peu l'eau provenant des pluies avait percé à jour le plafond du premier étage.

« Cela n'est guère confortable, n'est-ce pas? dit en riant Lorin. Mais nous allons bientôt mettre ordre à cela. Nous avons déjà en réserve un petit capital qui s'augmente de jour en jour, et qui, bientôt, nous permettra de remettre à neuf notre habitation.

D'ailleurs, jusqu'à présent, nous n'avons pas trop souffert ; nous avons réservé le rez-de-chaussée aux femmes et aux enfants ; nous, nous habitons le premier étage, et comme nous sommes maintenant dans la période des beaux jours, nous n'avons pas été jusqu'ici, trop à plaindre.

Et puis, nous venons de nous adjoindre un précieux auxiliaire.

C'est un ouvrier parisien qui a exercé tour à tour les métiers de maçon, de plombier, de couvreur et de vitrier. Il est venu échouer ici, il y a environ quinze jours ; il était sans travail et sans ressources.

C'est avec joie qu'il a accepté d'être des nôtres, et de se soumettre à la règle, d'ailleurs peu sévère, de la maison. Il nous rendra de grands services. »

Poursuivant leur visite, les ouvriers vinrent à passer devant une sorte de volière en toile métallique très bien aménagée, mais dans laquelle ne se trouvaient ni poules, ni canards.

« Que faites-vous donc de ceci? demanda Lehu.

— Nous y avions mis des poules, des pigeons, et des lapins, répondit Lorin d'un air légèrement embarrassé ; mais malheureusement, des maraudeurs sont venus nous les enlever, et, depuis, notre volière est vide.

— Avez-vous au moins porté plainte ?

— Non, car nous ne voulons avoir aucune relation avec la « justice bourgeoise ».

— A ce compte-là, dit Romain, les malfaiteurs auront beau jeu avec vous ! »

En dernier lieu, les ouvriers visitèrent la « nourricerie ». C'était, sans conteste, la partie la plus confortable du domaine.

Dans une grande salle bien aérée, dont les fenêtres très larges s'ouvraient au soleil levant, une demi-douzaine de berceaux étaient rangés, et dans chacun d'eux se prélassait un bébé dont les joues roses et rebondies attestaient le parfait état de santé ! Deux jeunes femmes s'empressaient autour de ces poupons, et leur prodiguaient les soins les plus dévoués.

« A la bonne heure ! fit Dupré, voilà des gaillards qui ne me semblent pas à plaindre !

— Nous ne faisons que notre devoir en prenant soin d'eux, répondit une des femmes ; car ce sont les mois de nourrice que leurs parents nous paient qui constituent la majeure partie de nos revenus... »

Dupré allait demander l'explication de ces paroles qui lui semblaient assez énigmatiques, quand on vint annoncer que le déjeuner était servi.

Comme l'expliqua Lorin, les repas se prenaient en commun, dans la grande salle de la ferme.

L'ancien mécanicien présenta à ses camarades ses compagnons à l'exception de deux, le caissier, qui avait été forcé de se rendre à Paris, pour les affaires de la communauté, et l'ouvrier couvreur qui, paraît-il, était allé acheter des tuiles et du ciment.

Le repas ne se prolongea guère. Le menu était d'ailleurs frugal, quoique substantiel; comme boisson du cidre et du lait.

Vers la fin du repas, se produisit un incident qui jeta un froid parmi les convives.

Alors que, la faim apaisée, les ouvriers et les anarchistes causaient tranquillement, la porte de la salle s'ouvrit, et un homme à la figure enluminée, aux vêtements en désordre, s'avança vers la table d'un pas mal assuré.

Lehu se pencha vers Dupré qui était son voisin de table, et lui dit à voix basse :

« Voilà un particulier qui m'a tout l'air d'avoir sucé autre chose que de la glace. S'il n'avait bu que du lait et du cidre aigre, il tiendrait mieux sur ses jambes ! »

Cependant, Lorin s'était levé; s'avançant vers l'ivrogne, il lui conseilla d'aller se reposer.

Mais l'autre prit très mal cet avis.

« De quoi? dit-il d'une voix avinée... On veut monter le coup à Bibi? On veut me faire de la morale !

C'est pas ça qu'y me faut !

Je veux de la galette ! j'ai turbiné, je veux être payé.

Alors ce serait pas la peine d'être libre, de pus avoir d'patron, pour boulotter de la cuisine d'asile de nuit toute la semaine, et pas seulement avoir une « thune » pour tirer eune bombe l'dimanche !

C'est pas avec les trente sous qu'on m'a donnés ce matin que j'peux me rincer la dalle à ma suffisance.

J'ai travaillé, y me faut de l'argent. »

Lorin essaya vainement de faire entendre raison à l'obstiné poivrot ; il ne put s'en débarrasser qu'en lui donnant les trente sous qu'il avait reçus lui-même le matin.

Quand l'ivrogne se fut éloigné, Lehu dit à Lorin.

— A la bonne heure, en voilà un au moins qui comprend la liberté ; celui-là, c'est un véritable anarchiste.

— Le pauvre diable est plus à plaindre qu'à blâmer, répondit Lorin ; la société qui, par ses imperfections et par son imprévoyance, est seule responsable de la contagion de l'alcoolisme, ce compagnon hideux de la misère, est plus coupable que lui. J'espère que nous parviendrons à le guérir de cette funeste passion.

— Eh bien ! moi, j'en doute ! » répondit Lehu.

L'après-midi fut consacrée à la visite des champs et des prairies appartenant à la communauté.

Les ouvriers mécaniciens, quoique très peu au courant de l'agriculture, ne furent pas cependant sans remarquer que les récoltes des compagnons anarchistes avaient bien moins bel aspect que celles des paysans, propriétaires des champs voisins, mais ils eurent le bon esprit de ne pas paraître s'en apercevoir.

⁘

Le soir, dans le train qui les ramenait à Paris, les mécaniciens se communiquaient leurs impressions sur leur excursion de la journée.

« Décidément, disait Dupré, j'aime encore mieux gagner ma vie en travaillant chez un patron, que de vivre dans de telles conditions ; Romain avait raison, ça ressemble presque à un couvent...

— Excepté, interrompit Lehu, qu'il y a là-dedans certains particuliers qui n'ont pas du tout l'air catholique, et avec lesquels je ne tiens nullement à faire plus ample connaissance !

— Sans compter, dit un autre, que ça manque par trop de bistros ! Ce que je vais avaler un bock de bon cœur en arrivant à Paris ! »

Ce fut Romain qui se chargea de résumer en ces termes l'impression générale :

« Je crois bien que la colonie anarchiste de Terre Libre a du plomb dans l'aile, et que ses jours sont comptés ! »

Ce pronostic pessimiste ne devait pas tarder à se réaliser.

⁘

Un samedi soir, comme Romain quittait l'atelier, après avoir touché sa paye, il crut apercevoir sur le trottoir d'en face une figure de connaissance.

Il s'approcha, et, non sans une certaine surprise, il reconnut Lorin.

« Comment c'est toi ? et par quel hasard?..

— Ce n'est pas le hasard qui me ramène ici, fit Lorin d'une voix sombre, c'est une fatalité contre laquelle il m'a été impossible de lutter.

— Mais alors votre communauté de Terre Libre, tes compagnons... tu les a donc abandonnés?

— Mes compagnons sont dispersés, et le domaine va être vendu, il est probable que quand les huissiers et les notaires se seront payés, il ne nous restera pas grand'chose.

— Mais comment en êtes-vous arrivés là?

— D'une façon très simple, notre caissier en qui nous avions toute confiance, s'est enfui en emportant tout notre avoir. Il ne s'est pas contenté des capitaux si péniblement prélevés sur notre gain quotidien, il a encore réussi à emprunter sur les terrains une somme importante, de sorte que du jour au lendemain nous nous sommes trouvés absolument sans ressources.

J'ai essayé de lutter quand même, et de réparer ce désastre; mais alors je me suis heurté à d'autres obstacles. Peu à peu, la division s'était glissée parmi nous; il s'est trouvé des mécontents qui ont réussi à ameuter contre moi, la majorité de mes camarades.

Alors, la vie n'étant plus tenable, nous avons décidé de reprendre chacun notre liberté, et je suis venu dans l'intention de chercher du travail.

— Mon pauvre vieux, tu aurais bien dû ne pas nous quitter. Vois aujourd'hui à quel beau résultat tu es parvenu, avec tes idées d'un autre âge.

Crois-moi, il n'est pas possible de revenir à vingt siècles en arrière. C'est en vain

que tu chercheras à lutter contre le progrès et
la civilisation ; ils te pousseront en avant malgré toi.

Et si notre situation laisse encore tant à dé-
sirer, n'est-ce pas un peu notre faute ? Avons-
nous bien mis en œuvre tous les moyens dont
nous disposons pour améliorer notre sort, avons-
nous profité suffisamment des leçons parfois
cruelles que nous a données l'expérience de la
vie ?

Je ne le crois pas.

Ce que nous avons de mieux à faire, crois-
moi, ce n'est pas d'entrer en lutte contre la
société, mais de l'améliorer progressivement,
d'abord en nous perfectionnant nous-mêmes,
matériellement et moralement, ensuite en faisant le meilleur usage possible de nos droits
et de nos libertés. Pour l'instant, je t'emmène ;
tu vas venir dîner avec moi ce soir, et lundi
nous verrons à te procurer du travail ! »

Aujourd'hui, Lorin a repris son ancienne
place à l'atelier Ledard. S'il n'a pas complètement abandonné ses idées anarchistes, il n'en
parle plus guère, et il faut croire qu'il a reconnu du moins la fausseté de la doctrine *indivi-
dualiste*, puisqu'il vient d'adhérer au syndicat
indépendant dont Romain est le président.

D'un autre côté, son séjour dans la solitude
de « Terre Libre » lui a fait perdre le goût des
escapades dont il était jadis coutumier.

Lorin a maintenant la campagne en horreur. Il est devenu de tous points un
modèle...

L'Echo des Syndicats

ORGANE SPÉCIAL

des Associations professionnelles libres

Paraissant le 10 et le 25 de chaque mois

tient au courant de toutes les questions

syndicales et ouvrières

Abonnement : 6 francs par an.

Abonnements de faveur pour syndiqués

et membres des cercles et patronages :

3 francs 50

Adresser les demandes d'envoi avec les mandats à M. l'administrateur de l'*Écho des syndicats*, 14, rue des Petits-Carreaux, Paris, 2°

www.ingramcontent.com/pod-product-compliance
Ingram Content Group UK Ltd.
Pitfield, Milton Keynes, MK11 3LW, UK
UKHW021042220726
13924UKWH00001B/479